愛亂講又亂心

FiFAFiFAFiFA
FiFA

WORLD CUP

你是不該唉的人口

愛本人認為全地球最帥的
我才該唉　工作很...開玩
運動玩人(player)就是玩(play

足球的喔！
>< ﹏﹏(笑)

踢足球吧！人
帥的才能玩的sport → 足球

我畫的是
足球
足球!!

害羞的

嫂10元
愛乾

每天帶來的快樂
SummeR, HOT HOT

晒成乾！

愛乾愛乾,只賣你10元
消除疲勞!!保証不想睡
(含有多種維他命♪♪♪)

網子裡的球
FiFA WORLD CUP

莫非:是網球

正確答案:
是被網住的足球
Cathie whcl

愛解了
愛　其實

愛又怎樣!!
so what

今天愛要講的話題是:
水晶 (粉紅色水晶)

愛的左手　不是在比中指

戴粉水晶是為了
改善人際關係

成語教學

愛不是守

玩每一種運動，我們都希望我們不只要能守，還更能攻，所以當你已經做好防守的工作，才要下來更談要學會進攻，所以我們會說：

愛不是守
NO attract
愛要進攻，愛不能只有防守呢

ER（英文教室）

更硬一點學
⇒ 讀得硬點。
⇓

HARDER
[口合得]
HARDER

-ER
比較級字尾。
比方：HARD 很硬的
⇒ HARDER 更硬的
因比，我們可以大膽的說，比較級 影集 真好看 "ER"
（有喬治庫龍尼的呀）

原文：study harder
翻譯：讀得更硬。
應用：Hey, Amy, you better "study harder"
翻譯：黑，矮咪你最好讀得更硬!!

愛的郵票：5元的

5,00
愛口乞 ン水

愛不求回抱
you don't need to...

愛真的不求回抱，你看看，天氣越來越熱，如果愛抱抱，那可你又要回抱，大家豈不是一團

汗??
SUMMER 汗
HOT HOT

6.日專賣店可子
到）愛力厚牛奶瓶（25元呢）

事你來說不說會昔，愛頭不送頭十

戀愛運向上

你可以copy後上的，黏在書桌

愛的才招財貌（打）裡，其實是招朱蜜

嗒滋月月記 cute diary

凱西．陳
cathie wh chen

051104 →

一直到前一陣子，有時我還會想：嗯！我真是個嚴肅的青年。

不過這想法在認真整理完這本書的內容後，

就完全破滅。說實在的，我不是不知道自己纏"好笑"的，

但！珍尼弗，我真是"太好笑"了嘛！

這誣種 渾然天成 自以為是的爆笑個性，

的確是默默持我 推向成功之路的重要因素。

↳話鋒急轉

說到內容整理，真的是既自豪又沮喪。

由於我是用右手寫字的，所以照理說左腦會比較發達，

那照理說邏輯應該不會太差，但令我引以為傲的便是：

沒有邏輯(或者說是我自以為是的邏輯)，於是這本合輯

便充滿了各種可能性！找不到明顯的依據：

沒有按年份，季節，畫風，內容，環境或任何主題。

但我必須承認，這要命的200多幅作品，

可是紮紮實實花了我 幾個月的時間呢！   8.1.2.3.

(看！好啦！現在連數字蘿見念也沒啦！沮喪)   4. 9.

0. 6. 17. 5.

總而言之，一針見血的說：

這是一本非常"自以為是的爆笑合輯"。

這本裡所有的內容 都是 出自我本人日常生活的 觀見察 和體驗。通常是 中規中矩的完成（在忙亂的情況下，因為曾是每月一回的連載）但也有 很不尋常的在世界各地將紙放在地上．石頭上．牆上．玻璃窗上．月艮上，誰的背上，艱難困苦的完成。

（早年我經常雲遊四海，可比是小飛俠）

有觀見察報告，有情緒抒予發。也有內幕公開和幕後祕辛。當然有更多的是莫名其妙的碎碎唸（好笑的那種）

啊！wait！我想到了！好像還有我"四格漫畫"的debut（真了不起）

好啦好啦！（很權威的拍著手）

安靜下來！接下來的時間，就請保持愉快。

進入我的"嗒嗒月記"吧～

呼呼～

Cathie Whchen
051104
TP，MH

出版前夕　Catz' diary
05122004-TP

出版前夕，我去哥哥家吃雪糕，
有點小開心，終於又要公開我本人
＊絕 幽默的才華囉！

大公開
一小搓①　＊把中間 分出一個洞②

＊把頭髮 從分妹 的洞穿過去！
＊畏光症 到哪 都戴 墨鏡③

〈看不懂就算了，
反正我是傳子不傳賢
的個性～嘿〉

上次亂買，穿，
硬去給大哥穿，
1年後又後悔，
拿回來。
（幹嘛半夜
去討褲子啊）

我大哥給
三弟的禮物。

Cat'z diary

在第一本書
←寂寞殺死一隻貓
裡許的願望果然實現。

問題是是，mother
頭髮長得想打人。

去借了本漫畫，
和2本雜誌

嫂嫂給
的小零嘴
（半被給吃的居心叵測）

覺得很好笑就買回來
完全沒想到穿上以後
就變成
純正"地ㄨ"　"我很好笑"
輪胎拖鞋。　的後果。
150元，
貴不貴啊？？

Cathie wh chen
051204 TP.

在此我必須異常嚴肅說明

由於接下來的內容。

可能會對您的未來。

有木兩巨大的影響。

因此我將在此篇幅裡

為大家做些心理建設。

現在，請停止嬉哈。

叫你停止嬉哈!

yo! yo!! 你還嬉哈!

Let's go!!

戴茖下眼鏡是
清秀小妞

FLY CLIP

TODD

老實說
我來了一個
莫名奇妙的
裝蒼虫電式樣嗒嗒來。
在溫哥華的大賣場的
特價品中挖到的
非常的當做寶!

屁股上有字

Let's S&L

S and L
不知分指什麼意思??

可能 Let's S&L 是指
Let's sleep and live
讓我們 一邊睡一邊生活吧!
道。(我的生存之道)

Lesson one:

＊ 「自戀為成功之本！

→ 因此，儘管本書內容有夠爆笑。
　Remember！優雅，小小的笑！

經常我望著自己的
圖畫文字出神。

原稿或是印刷成品。

如果我說我常被自己
的作品感動得心跳拍，

你不會覺得我太自戀吧。

畫畫和寫字想事帶給我
極大歸屬感。

I was born for this 喔，笑

cathie wh chen 2002

Lesson two :
＊ 沒有痛，就不好笑。
解 唯有真正痛過，才知道什麼叫快樂。
喜樂半摻，你才能 嗑滋！嗑滋大口嚼

Cathie wh chen 2002

帶不走的。我拍下來。

瞬間凝結收入記憶裡。

是我的。 就．是．我．的。

Lesson three:

你可以每天看10分鐘, 15分鐘~
或者一星期看一次, 不停看, 反覆看。

＊人總要時時提醒自己, 開開心心!

我不想知道
　你的過去。

也無法預知
　我們的未來。

還是,
　我們就這樣吧。
　　開開心心。

過一天,
　再一天。
　　第一天, 又一天…

Lesso four:

在我的嗆滋日記裡,尋找屬於你的
歡樂回憶。讓我提醒裡,
在苦痛,當我們勇敢渡過之後,
一切都可以繪成一個輕微笑的回憶。
＊苦中有樂,樂中有嗆滋!＊

Catz⇔me

有時侯回憶
還真是令人錐心刺骨。
去年還在一起看星星等日初,
今年在哪和誰一起?
有沒有什麼事是恆久不變。
沒有。連我都不能不變。

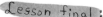Lesson final:
每秒少飾,只要沒忘,請保持開朗,心存感激。
蠢事我做,臉我丟,苦我受,淚我流,日記我記,
你只要"喀滋喀滋,大口咬洋芋片的心情,大聲笑吧!

據說我應該開心。

因為我

得天獨厚。

所以我。

會開心。

請你也,

提醒我。

要開心。

好啦！該說的都說啦！

接下來，坐下，乖乖地。

莫名其妙，「且以人為是」火暴笑！的嘻滋哈記！！

〈hiphop〉 耒田魚！

※三個唱嘻哈的人，在棧板上，猜一個字！答案是：ヌ ヌ 木 哈！

mother,mother,
yo!yo!的喜哈仔

裝 真 mother 難

Cathie wni chan 03 15 00 HKTK

quiet! I'm thinking!

嗜滋想事情!

oh my god! 別驕行不行?

我很嚴肅的,我可沒有搞笑,

Tomorrow is a fresh one, without mistakes!

那些都是 Ⓐ 意外 Ⓑ 不知不覺 Ⓒ 渾然天成

的笑料,行不行吶阿?

作弊都弊不來!

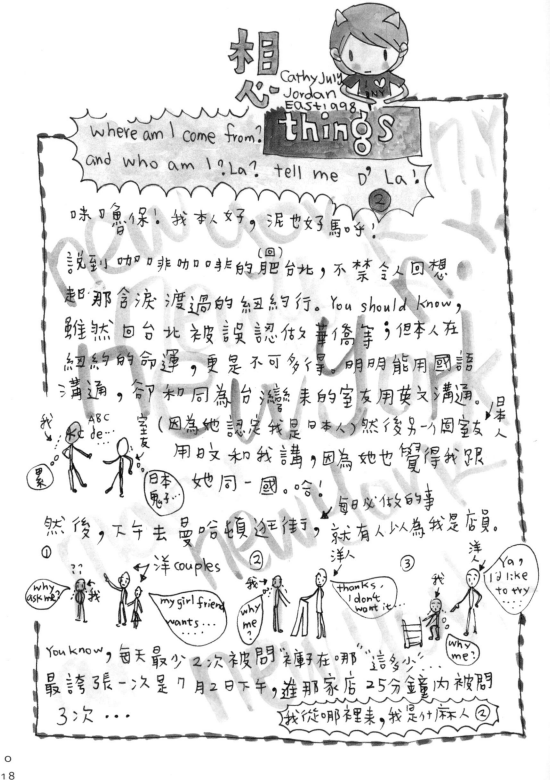

相心 things
Cathy July Jordan EAST 1998

where am I come from?
and who am I?.La? tell me D'La! ②

咪嚕保! 我本人好, 泥也好嗎呼!

說到咖啡咖啡的肥台北, 不禁令人回想
起那含淚渡過的紐約行. You should know,
雖然回台北被誤認做華僑等; 但本人在
紐約的命運, 更是不可多得. 明明能用國語
溝通, 卻和同為台灣來的室友用英文溝通.
(因為她認定我是日本人)然後另一個室友
用日文和我講, 因為她也覺得我跟
她同一國. 哈!

每日必做的事
然後, 下午去曼哈頓逛街, 就有人以為我是店員.

You know, 每天最少2次被問"褲子在哪""這多少"...
最誇張一次是7月2日下午, 進那家店25分鐘內被問
3次...

我從哪裡來, 我是什麼人②

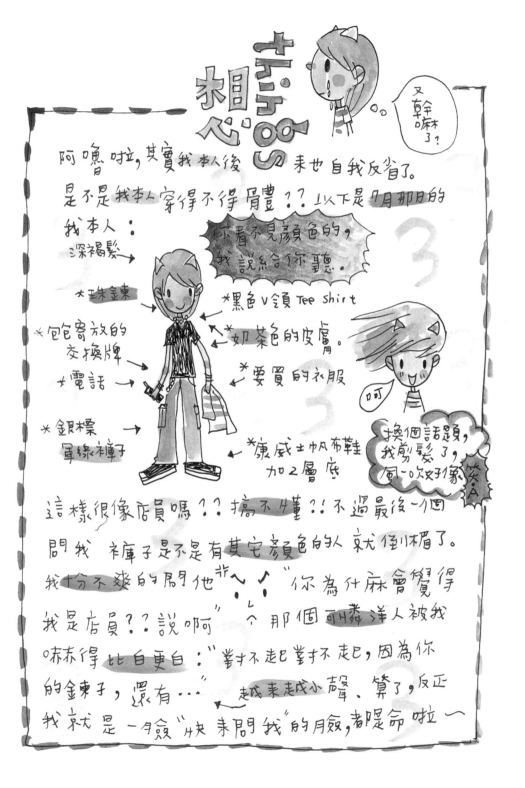

嘿喲吧！好消息！我本人發現一種很有效的"照相很瘦"擺pose法！呵呵！

我本人多年來臨床實驗成功，在召開記者會前先讓你知。

這裡！平常不太好瘦！

照相時只要靠在牆啦，椅子啦或誰身上，把肉擠到後面，就可以馬上瘦！而且是瘦巴巴喔！

注意！我是為你好才告訴你，①和②位置站不得，變胖就算了，有時還會變成外星人。

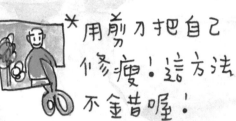

把旁邊的人的頭髮抓過來遮自己的大餅臉也是不錯，反正她們是配角。不過，請在按快門的瞬間行動！！避免被圍毆！！小心小心！

*用剪刀把自己修瘦！這方法不錯喔！

剪壞了大不了揉掉再剪另一張，沒什麼！！

如果你本人有什麼好方法令自己在相片裡瘦，請來信。

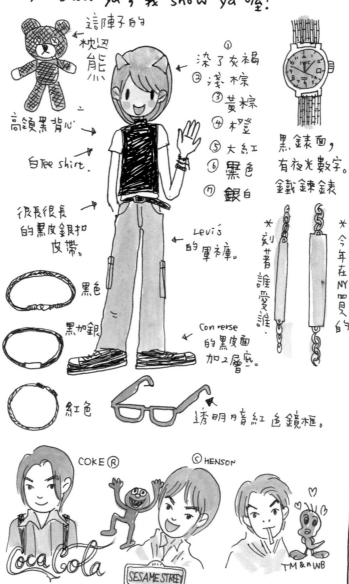

i am thinking

1998

喂！你想知道我最近都怎麼穿嘛？？
show ya show ya，我 show ya 喔！

這陣子的
枕邊熊

高領黑背心

白Tee shirt.

很長很長
的黑皮銀扣
皮帶。

黑色
黑加銀
紅色

①染了灰褐
②淺棕
③黃棕
④橙
⑤大紅
⑥黑色
⑦銀白

Levi's
的軍褲。

Converse
的黑皮面
加2層底。

黑錶面，
有夜光數字。
鐵鍊錶

※刻著誰愛誰。
※今年在NY買的

透明月音紅色鏡框。

COKE ®
© HENSON
Coca Cola
SESAME STREET
TM & n WB

不過如果是跟我弟比，那就一定是車俞的。我老三有夠 **強**

前陣子看他在準備大考。→

我本人

*電話②

我老三 ♪♪

*電話①

* 聽無印良品的歌

* game boy

*釣魚的遊戲

*考試科目的講義

* 坐在一堆講義上跟我弟聊天。

*漫畫

*課本 *佛經

*各種不同顏色發霉的杯子。

雖然在惡劣的環境下生存，可我弟仍很強的考的 **超好**。真是少小不努力，老三徒傷悲。（我）

插播

這件事不說就太不夠朋友。

有天我哥很屌〔先去上班。81〕就打扮漂亮去上班，很帥的馬奇車出去後，我和弟發現他背包沒拿。過了30分鐘後才回來拿走，重新出發。哈!!

↓我哥（穿很漂亮）

領地帶。好像明星，有打

*我和弟刚走巳床，在看 news paper

喔

背包耶

一般說來，我綿尊敬有扣子的衣服的強度，遠大於一般沒有扣子，甚或是拉鍊使用的。

不 Right？不 agree？你看你總不會隨意疊好西裝外套，而把 Tee shirt 送洗，套上防塵套掛好；或者是用防塵套及樟腦丸子這種方式來 招待 adidas 體育外套吧？

好吧好吧，算我言詞偏頗，不平等待遇來自衣服本身價值，是啦。

那在慈善店門外紙箱內的 £1.00 衣服就算是世界大同囉？只要是保存狀況不好，無論身價，一律箱裡番羽找。

一律 £1，世界大同價。請番翻找。

哎呀呀。我扣到底想講些什麻呀？箱裡番羽．找．嗨！早。

WORDS and illustrated:
Cathy jordan East 1998

妹妹

打從我唸幼稚園書起，

媽媽就不打算生個姊姊妹妹什麼的給我，

頂多得到個弟弟。

not a sister　or a sister!! A billiant brother!

what 我 got!

有點可惜！總希望有個姊姊妹妹陪著

一起玩芭比或扮家家酒。長大後還渴望

有人可以分擔治裝費什麼的。咳！

不過有兄兄弟弟也是好啦！

brother　brother

可以搶搶電話，吵吵架。

　或徹夜不眠聊漫畫。也好啦。

人生嘛，還不就這樣，總不是人人都有

姊姊妹妹的嘛。哥哥弟弟也很酷啊。

是嘛！是啦。

*無繩電話

我兄↑　*專線↑　我弟↑

好嘍……

KC

我也想用☎

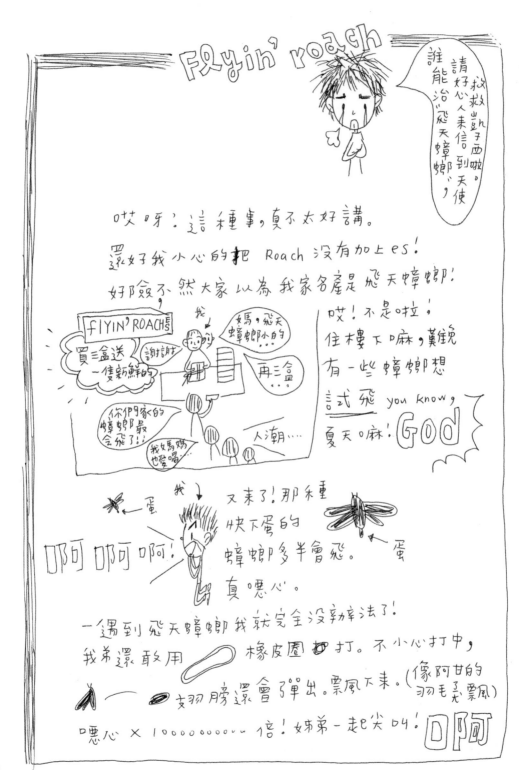

喔嘿

我猜想，當年弟弟是褲子騎車
去買麵粉的吧！

米粉 ≠ 麵粉，
這件事曾困擾我許久。

<- 背影。
徐自摩或朱自清
之類的名作。(笑)

總之，這是一件莫鬧名
奇妙跑到家裡，又莫其名奇妙消失的(ㄨˋ)ㄦ
超極大哈雷皮夾克。

10包的一條
555

一般說來，
肩膀是塞
"一包"煙，不過
看樣子，我弟是
該塞上"二條"煙，
呵！一邊一條。(笑)

然後，又想到一件事。
堂弟和弟弟小時候都很愛騎
腳踏車。有一次堂弟去買
零食。因為沒有菜籃，就把
東西塞到胸前。
然後你就看到一個眉清目秀的
小男生，鼓著一個胸，
微笑朝你騎過來，還招手呢；
"要不要吃，五香的喔！"

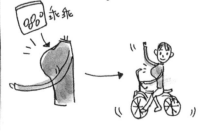

傷腦筋，我們家出品的小孩
都天生好好笑。哈！

人性，
果然，
本惡。

應該不只有我將子的吧??

words and illustrated
by :
Cathy Jordan East 1998

事實上到了今天，仍偶而有少許行竊的念頭。

雖然意淫也有罪，但果然理智從未令這種邪惡念頭得逞。(好險!!)　啊！

怎麻說出來了—

既然你執意問，那我也只好答。

小時候的確曾犯下一樁，幼兒家庭偷竊"未遂"案。(中班時吧)　在一個安靜的午後，企圖將爸爸桌上的零錢通通掃進(幼稚園)書包裡。

←黃色塑膠皮，印有小動物圖案。

可惜動作太不熟練喀噔喀噔將掉滿地銅板。

當場被媽媽抓到。跪了一下午。可恥。

* 其實我也不明白拿那些銅板幹麻用，可見人人都有偷銅板的隱性基因。

下次不敢了。

我罰跪。大木販還寫了悔過書。

真是灰色童年。

銅板

艷

* 請來信分享你的年少無知，讓我好過些 will you?

想事情

illustrated and words : cathyJordanEast!

hoho

①

＊掛毛衣的時候，沒有特別注意。

隔了一個冬天，再拿出來穿時竟成了

2047120 的招牌服。

背部長犄角的那款昂貴毛衣。

還不錯的嘛。

整理大批卡片
的成果。

②

＊橫線是傷痕。

貼手掌
∨

＊前陣子不是流行膠布減重法？？

我猜想發明者必定從事紙品業，

（紙很害人很傷人的！！）

KC

＊在此鄭重呼籲大家：
嚴禁使用凱西卡片做傻事！！

0
29

小時候 時常挨罵。

OK

沒有娃娃的家，我不算有過童年~

一挨罵就躲在房間裡，把自己用棉被包起來

↖大概是醬。

猜想等一會爸媽看我不見了一定很著急。

然後等找到以後一定會對我很好，買芭比和娃娃的家給我。

可是!! 長久以來一直都是我自己跑出來。

哎! 也不知道是躲不夠久，還是真的躲太久，以致於爸媽都忘了還有我這回事!

總之! 想要得到同情和補償在這種家庭裡還真有一定困難度。

兄 爸 媽 爺

啊呵! 吃飯了 oo…

我。包著棉被跑出來。

↖這是我。

＊娃娃的家:
日本莉卡娃娃的玩具屋。很貴的!

KC in London

昨天我這裡的半夜，打回台北請助理打來報告近況，結果陰錯陽差她打到 ① 英國朋友家 ② 住宿家庭的電話。

該死，半夜一直聽到鈴聲，我就有預感…果然是阿呆打的，而且還說也打去朋友那裡了，好像還很得意的樣子，and 聽我絕望的口氣，還說「對不起，那我再打一通去道個歉好了」。阿～該ㄕ的小公呆，看來我也別睡了，起來番羽字典看有沒有：

對不起，都是我助理不好，太白痴，不會算時差，半夜打來吵大家，真是不好意思嘛，請妳吃 魚雪魚香絲 的英文例句，快點背起來，明早道歉用 (ㄒ一ㄒ)

 Be careful! Some words might be too xxxx tiny!

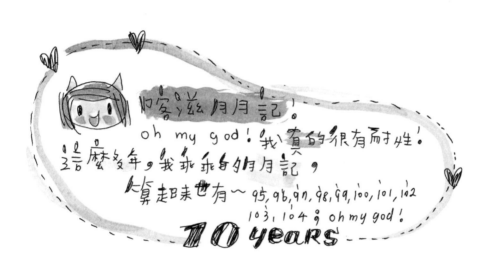

歡迎來到加客滋月月記。

oh my god！我真的很有耐性，

這麼多年，我乖乖的月月記，

大算起來也有～ 95,96,97,98,99,100,101,102
103,104。oh my god！

10 years

希望明天醒来切得到最好的解决。

有些事變了。有些沒有。
仔細想想,變的那部分
通常,操控,於我。

count it email/kcje@neto.net

cathie
in nineteen
ninety nine

今年也過得好快啊。真的是好快啊。再過79天又8小時38分35秒就西元2000年了。真是太快。而我本人亦在這個空間存在了9411天11小時24分又3秒了。如果50年一個週其月，那我已經過了一半又286天又23小時26分40秒。啊～

這一年我也如往常到過很多城市東京，倫敦，香港。做短暫停留大概是2/3的時間在台北。其餘就

Cathy W.H. Chen 1014000999

有些事變了。有些沒有。仔細想想，變的那部分通常操控於我。(笑) 在電影院看了50部以上的獨立製作或者強檔電影。租超過30捲的錄影帶，超過60多長CD大碟，10多雙鞋，近20條

是在他鄉當外地人。拍了超過120多長的xiao，褲子，衣服實在好難估算，當了近30小時的家教，每天戴耳機時間約末3小時，聽歌則有8小時以上，看電視也都有4-6小時，多半是HBO Cinemax, MTV, Channel V。但8月以後迷上港片，所以也看東森，中都。目前有11片MD可以聽。5月到10月之間聽勇氣，每日平均3小時。寫了數以百萬計的中文及英文字，不知道新增多少錄。有一個嫂嫂，和弟弟到東京流浪。遇過上萬個震，多次斷電和電腦電機。電話費。喝掉近百瓶淡可樂和啤酒。許多泡麵，酥打餅和胃片。二塊藥皂，染了近10次的髮，另外漂白了7次。在倫敦剪髮2次，東京一次，香港一次，台北2次(有增加的可能) 紅豆牛奶冰也吃了許多許多次。平均一天睡4-5小時，最久一次超過84小時無法闔眼，有一台新電子辭典，交了幾個新朋友。北京，倫敦和香港。買了一把新傘。會說寥倆句廣東話。吃掉近百朵新鮮香菇。不再吃太辣的食物。畫了許多畫，和人爭吵了幾次，痘子，和blue。

最近迷上的不止豆干。
還有捷運，葡萄、西瓜，睡覺和畫眼睛、
而已經戒掉的有吐司奶油烤米糖粒。
可樂、洋芋片、打電話和Converse、軍綠色。

10-05-03
Anjeli's birthday

☆ for anjeli's gift
印度黑紗金花裙
NTD: 790
（上星期士林夜市
買的,全新）

很飄雙層紗裙,
非常小公主。

金花在下擺

miu miu
黑斜包

Limi's
黑色篷帽

公畫袖黑西裝外套

TOMMI HilFEGER
白公主袖 shirt（側買）

X-LARG 黑鉄錶（Man size）

DKNY矢豆牛仔房羊
荷葉下擺（今看買的）

CK黑褲襪

Helmug lane反毛靴

喀滋朋記 datz'diary

Cathie wh chen
Cathy Jordan East 04 15 000C

NO15143 24½

我本人最近穿著樂〈最高的牛仔褲是
比格強的ML402BX。原本是超大喇。
因為我清秀的個性不適合大大的喇叭，
所以花了許多錢改成有點喇褲。事情就是這樣子的。

02603 38 EDEN

清！秀！　不清秀！
before　→　A~fter

我很喜歡打耳洞。
最近迷上自己打。
打過的次數逼近
20次可目前只有
約6個。大部份都因有點癢
就放棄，耳洞就合好了。
啊。又離題了。我自己打
耳洞。蠻酷的。自己打
的比外面給人打的好養。
但因為鏡子有重影，
不太好對位子。
所以本人自己弄的
都很歪。我的耳朵
現在十分複雜。
是這樣子的。左耳。

歪七扭八。
蠻好笑的。

而且每一次有特別事
我就想打。蠻擔心
耳朵不夠大。笑
頭好暈。明天再說。81！

平常那剪刀是
用來剪統一肉燥麥面
蔥油的。而且都
沒有擦乾淨。
總之。我就是拿那
剪刀來剪我本人
的劉海。啊啊
一刀下去。我就
知道我完了。
因為掉下的髮
不是 ‖‖ 而是
‖‖‖‖（←知道了吧）
一針見血的說，
就是！阿囉哈
我要請長假。
事實上我臉也有長東西。

When I wear them all ...... 才收藏身!!
←一共有6個。(95體形)

真實面貌

①紙娃娃
②貼紙
③明信片
④卡片
⑤徽章
⑥手環
請問Cathy'sclub頭
今年想要七世？
來信到
台北縣
新店市
宝中路
95號之6
請單選
①-⑥

痘子長得很對稱的也算是
值得驕傲的拉！！

CathyJordanEast 3-14'00

43

SPRing

cathyjordanEast
2001

Je vous
rencontrerai

45

好今天你好嗎。今夜你的聲音特別的好聽。

我的心很溫暖。雖然很病，

但心情非常好。

　如果聽歌會流淚，

　　其實我是太開心。

　　　酸酸軟軟的心糾成一結，

　　　　非常思念誰。

我一直對香港藝術了
有著極重度的沈迷
從小時候倪匡
亦舒的小說

胃也糾結著，剛剛工作到一個段落，

又發現超過24小時，我只吃了3片土司

和一杯奶茶。很餓。但過了頭又不想吃了。

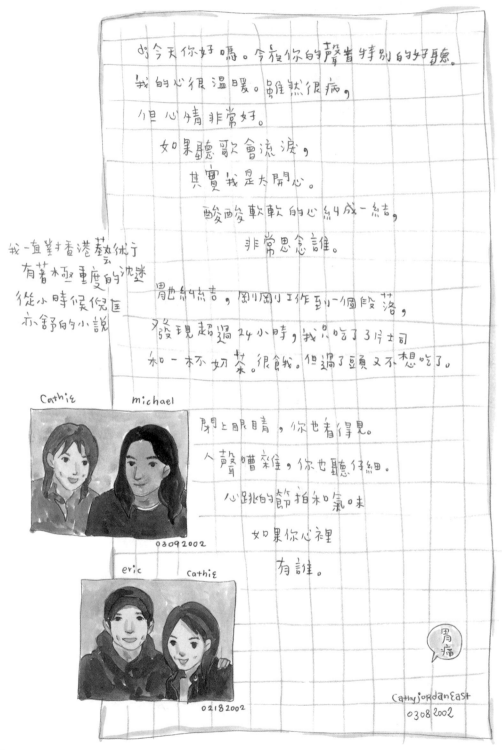

Cathie　　michael

03092002

閉上眼睛，你也看得見。

人聲嘈雜，你也聽仔細。

　心跳的節拍和氣味

　　如果你心裡

　　　有誰。

eric　　Cathie

02182002

胃痛

CathyjordanEast
0308 2002

If there is no one, nothing
which can make me feel better
I'd love to have my own album.

I am the one who knows me so very well,
am I not? am I not? am I not? am I?
I am, I was, I neveR will be ...

08.27
Cathie wh chen 01

頭髮很整齊有禮

小圓鎮法國小畫家的洋裝衣

黑色色九分褲

白皮鞋

窗臺，沒有護欄，我很害怕的坐在上面畫一畫，

恩要微笑。

喀滋月記
cat's diary

我相信
我們會
再見面。

我也要改名字了。就叫 ⓒⓒⓐⓣ 吧

Cathy Jordan East 2001

不得了了。bjack 好帥的呢。
雖然從來没看過 bjack 的眼。
可是還是覺得 bjack 是帥氣第一名。
再加上他的鬍渣。帥死了。

基於以上帥氣理由，
我狠下心買了"神鵰俠侶之
新武俠音樂 - 我只在乎你"專輯
拜託啦。超好聽的。而且有送
大張 bjack。順便我也喜歡上了
王宇捷。她的眼睛。兩個字"美"
她成長過程中，一定在眼睛部份
下過苦功(笑) 多完美啊可。
不過話又說回来。有一天我唱"我只在乎你"
給 cat 聽，希望她也能加入"我愛 bjack"
的俱樂部，誰知道我搖頭晃的
完美演唱完之後，她竟說，啊那跟
梁詠琪的版本有七不同？氣氣氣。
我想我只好再跟 cat 斷交一陣子，
讓她冷静一下，想想 ① 我唱得多麼好
② bjack 多麼帥氣。笑。好啦。
總之 bjack 是我 2001 年最新愛上的。
就将 囉 手分手比！ PS. 如果 cat 說我唱得
像黎明版本，那還可以…

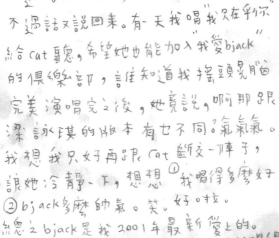

＊7年前硬跟同学要的褲子。
她穿及踝，我卡在小腿肚上。
我沒說她不高喔！
怎說也有150吧！(笑)
＊奇怪我今天怎話這多。奇怪吧。

喀滋 月月記 2001 → 2002

以台灣來講。

喔!我的天。最近真的有冷。

再加上工作量大增。(←呃!這點有些不實，其實是我本身進化未完全，仍保有存量好冬眠的習慣。結果存米量太多，入太早冬眠，所以～

總之是近幾天除了家人，每天就是跟一些這輩子可能只會見一次的"快遞人"打交道。笑。

在前天收到來自父母愛的救濟金之後。

第一件事就是去超市進糧。以下是我在家關居多日後首次見自然冷光的模樣。

哎嘿!我頭髮快可以綁馬尾頭了。

casual wear sky
亂穿天空
vanilla sky

香草天空

滿
Bright

康康在嗆你

珍尼弗快跑!!

*右手食指受傷。超痛的!!

*這非辜子 取辜長!!

不怕跟你講

我從小就少根筋。溫感傷腦筋，夏天穿厚衣，冬天穿短袖趴趴走，我之所以會穿成"三嬸婆"是因為每跑出去簽收快遞就加件彩的原因啦

DKNY 無框的眼鏡。很帥，但我很少戴。

*沒戴過 怎看怎怪?!

跟你偷偷講...她有時候一整天都穿

還在睡衣外加穿軍用背心。邪惡猴子的睡衣喔!一套的

KEY POINTS!

A:裡面只穿背心和薄T 真是神經病。

underwear
B:穿3件褲子。不是喔

informant

①到小腿的綁腳褲。

②有氣迎的啤酒八体育褲庫。

③要來的短褲。

④不續您
說我還 在小腿套了 厚襪套。

*好 香菇，綠花椰菜 起士和蛋。

還有些葉子，我不知道名字。

*被媽看到一定會捉狂罵，還好他們沒回家查產。

*大毛線毛。

*毛死了的圍巾。

*超胖大很骨葬的 白雪衣。

*好像啦

*沒買 QQ 葡萄糖

*7年前硬跟同学要的褲子。她穿及踝，我卡在小腿上。我沒說她不高喔! 怎說也有150吧!(笑)

*太冷死了 卻穿拖鞋。

*奇怪我今天怎話這麼多。奇怪吧。

可是呢!!

Cathy JORDAN East 2001～2002

TOMATO KID CATHIE CHEN

肩膀超痛。最近心情很低落。

很多事不太順心。真討厭。昨晚我在心底
做了一個決定。今年要過得很藝術家。
不去管收穫了。只想專心創作。就醬。一定要做到。
這是我本人的新年新希望。

DJ

你好嗎。我不太好喔。

馬的
超冷的說

真實面貌。笑

肩痛

我要去削頭髮了。

02 19 2001
catCut

我下午擦了指甲油喔。是貝殼的感覺。

小秘密大公開

跟你說喔。我很常做 taxi 喔。有一次坐了 10 元只付 23 元喔。很厲害吧。有時候是 5元 10元。常常司機都會算我便宜喔。

今天好了喔。尤其是一個人挑燈夜戰。

昨天晚上和偶像共進晚餐。還有搭肩照相，

還有交換禮物。還有握握手喔！

希望今天也有時間去探班。(←可能性不高)

我的頭髮留長一點點。很不習慣。

脖子很刺她！

肩膀超痛。最近心情很低落。

很多事不太順心。真討厭。昨晚我在心底

做了一個決定。今年要過得很藝術家。

不去管收穫了。只想專心創作。就醬。一定要做到。

這是我本人的新年新希望。

new year's resolution

〈藝術家的生活態度是今年的宗旨〉

忘記朋友，是一件很哀傷的事，
並不是每個人…都會有朋友的…
〈每一次想起你，寂寞就來，眼淚就來，
  好掛住你是什麼，我總算明白〉

cat2 diary
唉滋月月記

好多！

哈囉dj，我的耳朵失靈。

我認不出你的聲音，認不出你是誰。

剛才工作得悶，開了ica，

有一個陌生人問我 "why not sleep"

"don't feel like, feel bored"

"you don't have any friend ?"

呀喊得我鬆上電腦。很心虛...

我，有吧。明明有一大群朋友圍繞

不是嗎？大家不是都覺得很開心嗎？

為什麼心不裡還是寂寞。

這不是有沒有朋友的問題，這是有沒有人在心裡的問題。03:11 AM

加油！

哈囉dj，我的工作即將告一段落，可以做些，寫些別的什麼

11.今天我又看一次B5 單身月記 2。我又開始感覺寂寞。

夏天，我發表了一些關於寂寞的看法。

前天，我在另一個城市演說。

有一個同學問我 "你的寂寞好了嗎？你怎治好你的寂寞的？"

我？我沒有。我只是想跟你說說我的...

...寂寞。寂寞。沒得治。寂寞是存在空氣中的分子， 03:30 AM

空氣充滿空間，我在寂寞裡面。謝謝dj，我也醒著，陪你。

忘記朋友，是一件很哀傷的事，

並不是每個人...都會有朋友的...

〈每一次想起你，寂寞就來，眼淚就來，

好掛住你是什麼，我總算明白〉

Little Prince
-cathie-

04:28 AM

因為①白②貴③要送洗。所以我必須 不依靠。

這裡說的不依靠是指：站著、坐著都拔王直腰桿

不能靠著任何東西。不然衣服會骨髒→要洗→沒錢→哭

喀滋朋記 datz'diaRy
Cathie wh chen

我最近在學習不依靠。

所以我用以我本人財力來說相當昂貴的價錢購入
〈雪白化纖棉夾克〉。簡單說，

就是假的羽毛衣啦。唉，一定要我明講，

事情就不好看了嘛～。

*問題 ← 假設你會提出。

白夾克跟不依靠有何干？

正

站得挺!!

帥

*回答 ← 我有再三思量過。

因為①白②貴③要送洗。所以我必須不依靠。

這裡說的不依靠是指：站著，坐著都挺直腰桿

不能靠著任何東西。不然衣服會骯髒→要洗→沒錢笑

*好處 ← 我的志願。

改掉我靠東靠西的習慣。培養我好好站立或坐著

的態度。還可以幫助我鍛鍊縮小體積，

不要和群眾靠太近 ← 避免衣服骯髒。坐1/3→

完美

坐得正!!

屁股沒長虫

*結論 ← 有根有據，有憑有理。

我覺得每個人都應該針對自己多年來的惡習

下定決心，好好做一個狠心的對策。

對於自己這次改好的惡習，感到萬分滿意。

→報告完畢。

100

嗑滋月記
catz' diary

HiPHOP

ccat

c*cat

CathyJordan East 2001

因為我這陣子
超忙碌。這不得記
但上床也是因為真的
不睡不行了。所以那些床伴
全被其它雜物壓得不見天日。
說到睡覺。最近很認真
的想找個人來陪睡。
在吉本芭娜娜那 白河夜船
裡。就有這麼一個陪睡
的人。她就是"陪你睡"。
幫你蓋被,睡一睡渴了,
她給你水,做惡夢嚇醒
睜開眼她也在。想聊天
她也全程陪,總之她的工作
就是單純且專業的陪你睡。
我也常睡睡驚醒,突然口渴
或踢被或需要定時起來吃藥。
如果有一個專業陪睡者
隨侍在旁,在加上陪睡者會
提供阿拉伯公主式的床 ←我編的
名稱。
啊!多麼想要來一個好眠。
多麼想要來一個。好,眠。

今年夏天對我而言是一個非常不得了的夏天。很多夢想,要在今夏起程。嘿。my you,祝福我祝福你,

Cathie WH chan "summer is coming"
07 07 2000

cat2 diary 喵滋月記

Kenting的狠丁我有去

我有去墾丁。雖然比較想在春天吶喊時來。
anyway，初夏墾丁有大雷雨陪伴也很好。

6-9-6-12-00
KENTING
KAOHSION

小灣海水浴場 Kenting Beach

cat2 喀滋 朋記

Cathy WH Chen 5-16-999

我有一隻小毛猴。好開心喲。

小猴很可愛有2條短短的抬頭紋。手臂腳都細細長長。

而且還有長長細細的尾巴。

看起來很好相處喲。

事實上最棒的是：小猴的褲子可以

脫喲。不可思議吧！(笑)

都到這個地步了。只好坦白了。

我。我。我，

我！已經… 配眼鏡了喲！（new）

原先我也是有一副愛鏡的喲。透明紅色的塑膠框子。← 喔！當然還有鏡片子。可因為我本人有一咪咪懶散和任性。①戴著睡 ②壓著睡 ③用火烤 ④鞭打… 呵！太太太過火了。總之我和我那紅透明愛鏡在一起4年了。最近愛鏡已不負使用，我一低頭，它就啪噠掉在我手上←還好我反應快。咻～好險！哼！

哎喲！每次一想講什麼，就從盤古開天說起的個性，真把自己累死了。手好酸呢！總之。我快點說；好像看小說先翻後面看結局一樣；呵！又開始，總之～我配新眼鏡了over. bye!

← 本來該是主角，最後只落得在下一小角，可憐的新眼鏡。

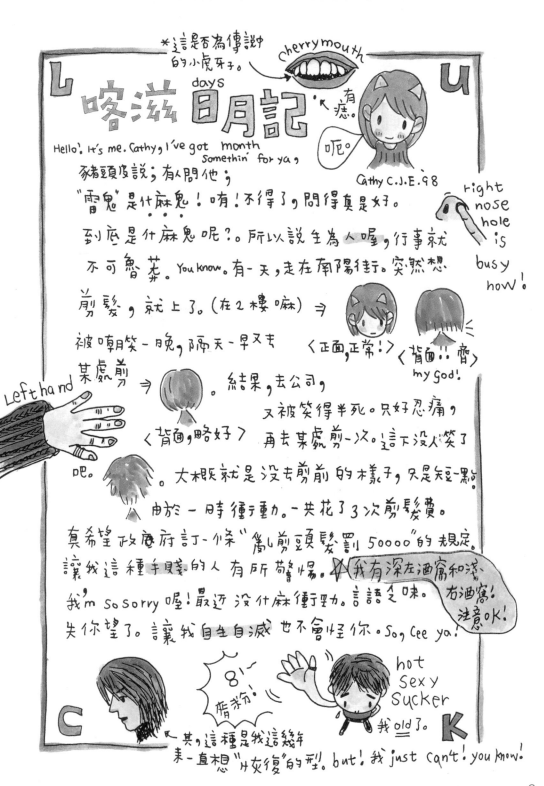

*這是否為傳說的小虎牙子。

cherry mouth

L U

喀滋 days 日月記 ← 有痣。

呃。

Hello! It's me. Cathy, I've got somethin' for ya, month

Cathy C.J.E. 98

豬頭皮說; 有人問他;

"雷鬼"是什麻鬼! 唔! 不得了。問得真是好。

到底是什麻鬼呢?。所以說生為人喔, 行事就不可魯莽。You know。有一天, 走在南陽街。突然想

剪髮, 就上了。(在2樓嘛) ⇒

right nose hole is busy how!

被哼哼笑一晚, 隔天一早又去某處剪 ⇒

〈正面,正常!〉〈背面...脊〉my god!

Left hand

。結果, 去公司,

又被笑得半死。只好忍痛, 再去某處剪一次。這下沒人笑了

〈背面,略好〉

呢。

。大概就是沒去剪前的樣子, 只是短一點。

由於一時衝動。一共花了3次剪髮費。

真希望政廳府訂一條"亂剪頭髮罰50000"的規定。讓我這種手賤的人有所警惕。我有深左酒窩和淺右酒窩! 注意OK!

我'm so sorry 喔! 最近沒什麻衝力。言語乏味。失你望了。讓我自生自滅也不會怪你。So, Cee ya!

8~

唧唧!

C

hot sexy sucker

我 old 了。

K

其, 這種是我這幾年來一直想"妝復"的型。but! 我 just can't! you know!

千禧

對於數字。我本人也有一定程度的敏感。97年在廈門。看見廣場的倒數計數器顯示99天後香港回歸。倚著窗檯十分興奮。

在紐約。看著手上
IWC
11:59 →
12:00 分針
噠的跳水

往右一格。知明羊針重疊7-4日國慶日。我登上帝國大廈。離天空近一些。好凍。今天是11月十八。我在 causeway bay 20層樓高氣溫16°多。肚子太分餓我。（我知多半人説八分"飽"）現在的心情真的十分朱自清呀。洗臉的時候感覺到時間從指縫流走。（唉呀。是不是朱自清??想我早年也是讀過一些書的,點解現在全部還返??明年見?

龍

CATHYJORDANEASE
CAUSEWAYBAY - MILLENNIUM
EIGHTEEENTHNORVEMBER
NINETEENNITY-NINE

1118999121545

一直看著我的你。
不知道來年會不會變。
還會不會陪著我一起。
我承認每一天都可有
些不同。但我的
心。不曾有變。

Cathie WH chan 1126999

19歲從高校畢業。20歲當了幾個月的助理
設計。21歲在麥面包店畫海事反。凱西和我
共存上。22，23，24，25。明天我26，
每再大一歲。勇氣就再少一點。不知道還有
多少時間我可以用。但開心的是一直在
做的都是想做的事。有很多時間和自由。
做想做，說想說。真幸運。從一開始
就看著我的你。也說我有改變。
改變啊。這件事。是好是不好？？短時間我
自己是看不清的。但我總覺。不同的只是
表現方式。其實心啊心還是一樣。
但是你說啊。心是什麼？？你的靈魂
漂亮嗎？？ How beautiful is your soul ？？ 告訴我嗎？？
告訴我。YAMAZAKI MASAYOSHI / PASSANGER。有機會
你也聽聽喔。新認識我的你。看中我什麼？？
我不穿各種造型服。不說簡單問候語。
你想從我處得什麼？？不想為別人活。我有
好多事想做。沒有不關心。只想讓你知道。
我是我。我是我凱西。
新年快樂。祝福你一切。還有我一切。1126999
寫信給我。讓我知道你一直在。kcje@neto.net

28th Jan

接到親愛泡泡
寄來的周俊偉。
早上帶到學校去聽。
(好別早到喔!)
在樓梯間大聲的唱!

啊!太好了。
終於能說中文！謝謝泡泡。

5th Fab
福門奶奶刀
很努力的幫我 →
寫了下面的句子，
我用xiao拍了
照,可被
她沒收
了!^^

★只好偷回來 Colour copy →
稍稍放大一味味。
左方的紙是福門奶奶的
草稿(笑)她正在在寫呢!

★主要是因為他說
買了snow ball，迷彩衣庫
筆東西給我〈雖然是
總而言之,別後的卡:>)
很感動。
真是一個
好孩子。

20th Jan
接到弟弟在溫哥華
的傳真。
感動的哭了。
真高興有這些支持
我的家人。
前世必定做了什麼好事,
今生才能有如此福份。

謝謝神

謝謝爸爸,謝謝媽媽
謝謝哥哥,謝謝弟弟,
謝謝您大家。:)

↗坐在4夫餐店。
£1.2的茶，一個人
又哭又笑。看著大家的
fax 和思念。

Cathy in London Winter Chilled
^
bloody

←福門奶奶寫的。

Cathy. Kitty are staying with me in my home. they
are two nice girls very happy and always smiling they
work hard. Kitty works hard as well as Cathy She
cannot speak english very much but I can understand
her. ←(笑)真是莫明奇妙的老太婆，到底在說什麻。作文能力好像不太好(笑)

P.S. Kitty是我高中同学，
我們生日只差4天哩!! ^^

←kitty

Mrs. FOREMAN.

←還簽名哩!!^^

9/27

現在唯一想的是坐下。
從宜蘭站到台北，
對我來說有些殘酷。
或靠或站或蹲，坐下不舒服
又站立。換了七種姿勢。
戴耳罩聽 mundy 又4的電話
響聽不到。不算薄的你的書
又重，冷氣超強の還要挪
一手不時拉緊外套。

唯一想的是 現在讓我 釱!

我
汗

＊本週推薦石葉：ARKARNA/FREASH MEAT＊

K O O L ☆

8.20.197

說真的！我小時候真是酷啊阿！
你看那是什麼頭。害我認真考慮是
不是用 弄成酒釀？好苦惱的！
想去英國剪。呼呀！真是一個
豪華的夢想！！

是嘛

頭洗有型

這是我最近的法型：

髮色是：
8月初：黃
8月中：綠
關：紅橘

if
有
洗
頭
!!

全部撥梳下來的話，

近

亮

雙
孔
!

偶會
發炎

但大部的時候我都
是用乳液弄成爪子。

香水

CK

skin
moisturizer
ck be 啦
很香的，
非常喜歡。
NT 620

CK

上次去倫敦時路過
啟德機場的免稅店
買的。還有另一瓶
是洗澡的。討厭！
怎麼那麼香啦！
cathyjordanEast1997

(速乾型)
＊Pentel
修正液

呼！

＊現在播放的是：

ash

1977

avtcd-95042
ash./1977

＊r⊙ting
"啊片"
art pen

tiR・ed
i feel Really
exhauste d!

新鞋子。
我想畫新鞋子
給你看。

ROCKPORT®
XCS™
mq333 6½W
Leather upper
man made trim
46   P7

嗯吧！我也覺得
很好看。並且，
底很厚，既舒服，
看起來又高。
真不愧是我的
鞋。 smile

現在是早上5點45分28秒。
太好了。累得很透徹。＊耐吉
護腕。
非常的想睡。只怪自己
白天不努力，半夜徒傷悲。

＊Page boy
的皮馬。

＊去年11月底在
涉谷找到
的班先生的
泰迪。

"双星
奇緣"
有出現
媽的
花生人。

⊙ me+myteddy

→ The official ⊙
MR. Bean
TeddY
LOFt
￥2,800

我想去睡一下了。早安。

月日記 1998

不通 我．困惑 whoami
很多事 whatsh ouldido ～緊張就
始終想 whati wannado 月經痛，
最近日子過 how+ dowhat 嘿嘿！很
得很矛盾 youw antme 厲害吧？
我不擅處理衝突， to do? happy is
我痛恨衝突。 everywhere today
opposite 常常有人告訴我， desperation
該變的事 嗳！鬍子不像你喔 把耳朵貼近 心情不輕
終究會變。 tent 鬍子就不凱西喔。 speaker.
selfcon Holiday affair 是嗎？ 到底樣才是我？ 躲一下子。
我迷失了我的 錯是對的 我是樣的人？完全迷糊了。
方向。但我信 相反 你生命中的壓力 Singles 閉嘴！
我總会在某處 這家影 這個 我必須專注
找到。 是我新迷戀 是我 於這個
只有你創造 持續迷戀 pain
Jeson Lee 到的那 從他15歲
我已經24歲。 麻多。 開始。 your
不太懂得怎麼開心 ethan
Grvog Hwake 3:00 半8 AM
別人給你的an七 這個是 的一天我好累.好想嗚嗚弱不唉的
別人也能拿走。 我. 歡迎 You Doon
elegant complicated 迷戀. 沒有振作 Sincerely Cathyle Cheng 98
阿里拉合 complex
新木木。 complete lintact
complete intact Suffering

my dear god! I'm too funny!

arn't I cute?

書背後面，有點隻羞喔

不是我在說（那是誰在說??誰?誰?）
愛真的是 mother 太好笑了啦！
每次核稿，我都還是會完全失控
莫名其妙笑出來！有時候我在想～
那個我在畫"愛啊請又愛"想
的時候，是不是被"搞笑之神"
給了附身了啊？！
怎麼有人可以那麼
好笑啦！

說起來愛也是溝通界的老手，
但卻始終成不了氣候～

"愛 成不了氣候。"

可能是醫院裡的病菌。

或者是醫生令人安心的言語，

總之，回家以後，我做了一個長長的夢。

她只有走一隻腳P,
另一隻是用拖著的, 真的很辛苦,
看起來真的很痛。 覺在心衣里黙黙求
許下心願。 "我再也不用拖鞋打蟑螂了"

擁有冷氣機，就像米老鼠擁有除溼機一樣。

LOVE POEM
一個鍵，輕易將愛從炙熱炎陽
送入冰凍北國，
只有你，日立夢鄉 HITACHI !!

在英文裡, 鳳梨叫做 "揹蘋果"
老實說, 第一次看到這個英文單字,
我都想出來了。 OH MY GOD
怎麼會有感情這麼好的水果。

千呼萬喚，駛出來。
意思是叫很久，按很久喇叭，才開出巷子。

千呼萬喚，死出來。
意思是叫半天罵半天，才肯離開電視來客廳吃飯。

千呼萬喚，屎出來。
意思是，便祕，大不出，坐好久，終於有下落了。耶

愛乾愛乾，只賣你10元
消除疲勞！！保証不想睡
（含有多種維他命♪♪♪）

玩每一種運動力。
我們都希望我們不只
要能守。還更能攻。

所以當你已經做好
防守的工作。接下來更談。
要學會進攻、所以
我們會說：

攻不是守

NO
arract

管愛進攻，愛不能
只有防守喔

愛soul，愛Jelly

What ⓐ LiKE ♥

愛乱想又乱講

study hard Cathie when
ER（英文教室）

疯疯颠颠貝...
愛手→
愛手愛腳
愛腳
想愛請上尖端網站
愛手愛腳的標準pose
what ⓐ LiKE what ⓐ

成語教學

愛不是守

更硬一點學 ⇒ 讀得硬點

玩每一種運動力。我們都希望我們不只要能守，還更能攻
所以當你已經做好防守的工作。才接下來要談
要學會進攻。所以我們會說：

愛不是守
NO attract
愛愛進攻，愛不能只有防守呢

HARDER
[哈得]
HARDER

-ER
比較級字尾。
比方：HARD 硬的
⇒ HARDER更硬的
因比。我們可以大膽的說，"比較級"影集真好看"ER"
（有喬治庫隆尼尼的阿）

原文：study harder
翻譯：讀得更硬。
應用：Hey，Amy，you better "study harder"。
翻譯：嘿，矮咪，你最好讀得更硬!! gogo

愛的郵票：5元的（不能用，是閑玩笑的）
5.00
愛口ㄷ水

愛不求愛回抱
you don't need to...

現在起，只要每逢2.4.6日
到全省愛力厚專賣店
快速唸以下句子
即可...
得到愛力厚牛奶
一瓶（25元呢）
25元愛

愛的故事你未說，
你愛保証不說錯，
相親見相愛頭不低頭，
愛愛相守手達手，下雨
撐傘愛不離散，有愛
時光，錢花光光！（笑）

戀愛總動員

愛真的不求回抱，
你看看，天氣越來越熱，
如果愛抱抱，那你又要
回抱，大家豈不是一圍
汗 ??
Summer 汗
HOT HOT
NO汗NO汗
所以，愛不求回抱，不求啦！
汗汗
←没這回事，相信才有鬼哇

戀愛邁向上
LOVE LOVE

你可以copy後上傳，黏在書桌或門裡

愛的招財才貓（打拎）其實是招來霉運

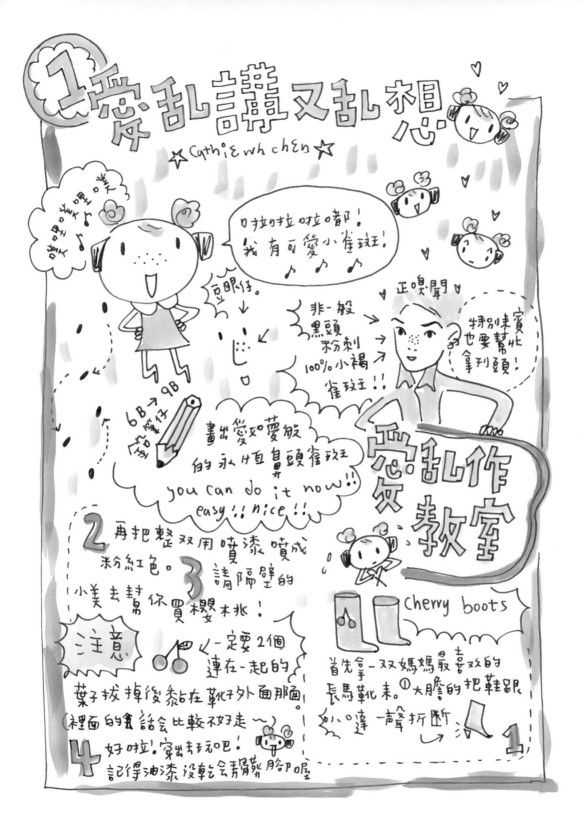

前面有個王老婆，
　後面有個汪老伯，
兩人上山去賭博。
　不知前面有瀏小海的王老婆平，
　還是後面條碼頭的汪老伯言，顧風。
唸很快，咬到舌頭
　　就算不贏＞

失言。發言

真的不是故意

說話言不及意，

有時候不是真的要

虛心假意

但。你知道嗎 9

人在江湖 9

身不由己！

①先將昨天小米買来
的魚蛋放到沸水心滾
約23分鐘。②再將豆腐
碎成泥加入③2湯匙
的糖④和8個草莓
⑤最後加比芹菜 。就成了
⑥記得端上桌喔(←不要害羞啦)

← 我怎麼會有這種高尚的坐態？？
還有那大的蝴蝶結子？？‿
其實是老大給的，他和同事去抓
娃娃，花了700多才弄到的，
真苦了他　　　　　　們，直接買不更快！
不過說　　　　← 名家作品，

到抓娃娃，日本的　　　　也是放事書的
娃娃機就真的叫人　　主角，有一個"大"
不想抓也莫佳。玻璃櫃　　家庭，全家族都穿
裡的全是非賣品！超　　　各色的條子 T shirt
可愛。吃飯錢全投進去也弄不到一咪，
所以我都付錢叫人轉我抓。呵呵‿

　　　　　　　　　　　　← 這隻是米分
　　　　　　　　　　　　藍色嬰兒
　　← 細絨毛，　　　　　專用的喔。呼！‿
　　糜彩的喔
感　　　嘴張很大，　　　　　　"維尼"
覺　　　脖子上的
很　　　東西很像　　　　　　← 古典系列。
野，　　珠小妹的　　　　　　　好可愛，
像　　　　　　　　　　　　好可愛，
是　　　的泰迪吧！↑　　超級軟綿綿
滑　　　我想‿　　愛睡蟲(超像)　有錢一定要
板　　　　　　↖大木賊很有名吧　弄一隻大的回來睡
人　　　　　　dunt know‿　Cathy's teddy + dolls!!

100

← 小笨蛋。
裝模做樣的
傻仙頭!!
手套啦,襪子啦拉
帽子口拉都可以
乞下来。超白痴
呵呵! ㄅ

← 小時候玩
的黃帽紅點黑白
小丑!有夢幻
的少女大眼
和捲捲髮

重點是:
← 穿了紅色 All star
真是不得了的傢夥ˇ

瑪小妹是
我最最最最
最最喜歡的
角色。好可愛
這隻是小的,
我還有中的
大的,迷你的
和塑膠的,
木頭的。紙做的
故事書,↑光碟!
呵呵!我是 ^^
瑪得迷!!

← 穿了紙袋
做的衣服的公主。
是一個童話
故事的主角,
做得很
精巧!
超酷!!
← 手腳也
很像真的,
不敢相信是
布做的呢! ㄅ

瑪得琳!!
瑪得琳!
↙

Cathy's
teddy bear and dolls

※ 呀呵！被你發現了喔?? ^^ 它們是狗啦！

← 我最親愛的
珍尼弗!!
很老了吧，
　毛都綿掉了
　眼睛也被
長毛蓋住。
淘氣阿丹也有
這隻狗。
　　　是工作獀喔!!

← 這是一對夫妻
illustrators 的新
主角。是狗但由
於幫助耶誕
老公公而獲得
了一個麋鹿角
　的髮圈，
　手上的耶誕
圈是我弄的，
很酷!! ☺

我一共有2隻小獀，一隻超級大獀。
本來珍尼弗是有圍巾的，不知跑哪了去了!! ^^
總之，珍尼弗是我的好
朋友就是了!!好朋友是
不用多羅嗦就很好的，
　　　　　　so!! ^^

← 不得了!!
是狗佈特，
這傢夥很犀利
也彎一針見血的
它是漫畫"物"，
我根本不覺它是
　狗,只是有點像
　狼角色!!
　Cathy's dogs!!

"丁丁的狗"
和小新的小白
一樣有捲捲雲的的
毛毛。(我也有小新的狗屋)
吐一個小小的舌,可愛到心裡!!

← 這熊，很有紀念性嘅！是我在 ♪ 工作第一年得到的禮物，是學妹和學姊送的。原本還打了一個橘子色的結，被我拆了，

長得呆呆，不該戴蝴蝶結的！！

← 手編的瘦長巧克力毛線熊，看起來很正直的傢彩，因為是編織的手腳都被我拉得長短不一

"今年的第一份生日gift"
是朋友從NYC寄回來的。
其實他　　　　　住London
的，去NY　　　　　玩，傻
就弄了這

"班先生的熊"
↓一臉要睡不睡的樣子，毛編的☆
質感，
綁得很愚裂，
可很有走取！！
被我丟在床上
當枕頭，起了一身的毛球，
壓得扁扁的，可憐！不虧
是班先生的巧勒扁熊冷

好像香香
煎餅熊
太女子了嘛～
有一扁熊→
脆脆的
!!
不過說真的這隻 pancake teddy
真是太扁了！！

Cathy JE WH Chen
24th July 97

釣蛙。下午和㸃妹在池塘邊捉小小蛙。
人 就這麼點大。真的。不過我不敢碰，
只在一旁尖叫。㸃長捉了4隻，
裝在小瓶子裡，還放了葉子，很好玩。
我覺得艾摩有點像蛙。哈！

ELMO ELMO

啊囉雷門。收到艾摩真是高興極了。

最近回過香港嗎？前陣子小比。去東京收集資料，
還去倫敦小住幾週。真好。遇上香港回歸喲。
好幾天都在慶祝。華埠還有簽名聯署的活動。
不太懂的。兩次過境香港。停留皆超過4小時，
不過沒有出境。事實上也不知道出去幹嘛。shoppin'嗎？

在倫敦的漢摩利玩具城（超大的）的櫥窗
看見超極巨大的艾摩。會動的。好想要。

艾摩
我
（哈！誇張了點）

三樓也有疊成立方塊的"搔癢會咕嘰咕嘰
的艾摩"。好可愛。差點買了。咳！不過我和一個
來自費拉達非亞城的小男孩把正面能搔癢的艾摩
全搔了。整疊的艾摩扭扭扭的咕嘰咕嘰，
可愛死了。日本也有沙士米街的文具專賣櫃。
你猜今年誰是主角？嘿！艾摩！是艾摩。

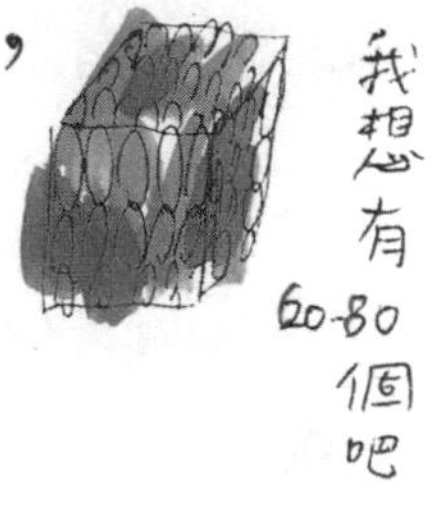
我想有60-80個吧

不太成工力作品 ①

不太成工力作品 ②

Ash's journey

我。
↓ ASH

第一次用保麗業
636幫瑪得琳
拍的照。
光線很有
氣氛,可惜
人物不太
清楚。扣5分。

我的 瑪得琳 ♥

madeline, my favourite

↑黑背景,
物件特別
鮮明。

還是不行!!

哇!要公開我的筆記本啊可
好緊張喔!裡面有很多
我的祕密呢。關於
一些去過的地方,看到
的東西,食物,還有心情…
嘿!等著瞧吧。

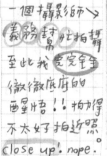

close up! nope.

一個攝影師→
義務幫忙拍攝
至此我完完全全
徹徹底底的
酉星悟!!拍得
不太好拍近照

專業人作品!!

怎會有
這麼好
笑的背
景??
紅!!

幸運紅羽毛
本子不離手
最愛
boots

——有一年特流行這種blowup的吹氣
沙發。我也從日本帶了一張回來。

首次試坐 連瑪得琳都會
喜歡的真塑膠皮沙發!!

madeline

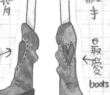

微笑的
可愛瑪得琳。
這次瑪小妞
穿了另一套袱服
看起來也很
神氣。!!
特別注意!!
你看瑪小妞
的手套。
潔白如新!!

Ash's Journey

106

madeline in London →

這張光線,取景都很棒
的照片,是 Lan 在英國玩時
拍來的! 很 excellent !!

madeline in NYC

new
YORK
CITY 另外

注意!! 店家給瑪得琳
披上華麗的毛毛圍巾,
可是我們小瑪你舊
清新可人 ♥♥♥

她也!! 後來,我又把瑪得琳
弄到紐約。看她一頭散髮在双層巴士
上的英姿!!

櫥中尚有
其它了不起
的玩具。
比方小菲比。國外很紅,
互動式玩具。我們給小瑪交了,
一隻 999,會說中文,但還是
沒什麼人買。可見說不說中文
根本不是重點啦!! ^^

SPRiT

媽ロ米! 我的瑪得琳
變小精靈了!!

1998年夏天。
我拍到了瑪得琳
的幻影。 ssh û

SKY

♥ madeline is
FRYing

在某一棟超級
摩天樓前飛翔
的瑪得琳♥

madeline
I will loving yo
forever and ever
and ever
and ever
and forever
♥ ♥ ♥

see ya

madeline

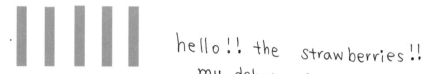

hello!! the strawberries!!
my debut of comic! cool!!

the Strawberries ‹硬要寫成草莓,mother黃佳›

艸+艸 草莓妺妺！！

彷彿曾經大 hit 的
四格連載。還有上巴士的外皮喔！！
bus
‹車體廣告啦！熊熊忘了 怎麼說～›
老實說,我畫"草莓妺妺"時
豆頁月腦應該不是太好。
很多地方,笑點都莫名奇妙得很過份！
傷腦當助,大家湊和著隨便笑兩聲吧！

叮！
叮！
叮！

草莓姊妹

The Strawberries

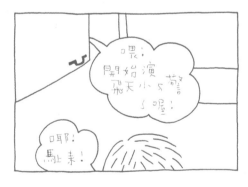

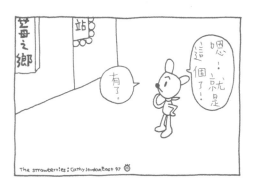

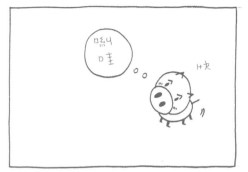

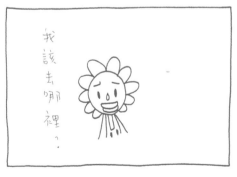

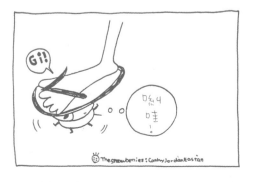

113

米老蛙

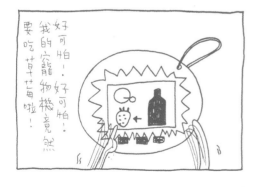

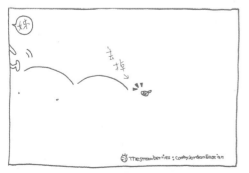

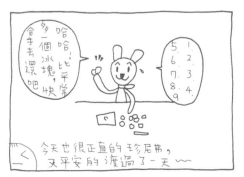

自相殘殺

決定

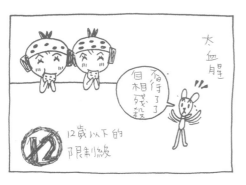

恐龍
The strawberries

眼鏡
The strawberries

KC:可惡,竟敢嘲笑作者,讓你消失!

The strawberries : CathyJE @1999

KC：哈！別聽珍危偶的，生病還是要看醫生啦！

哈哈哈

小豬嘜

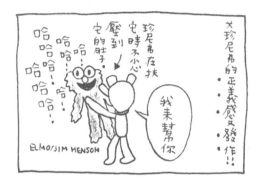

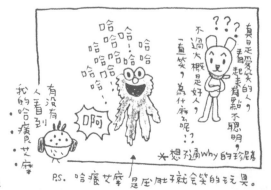

12

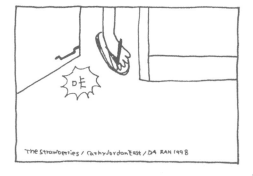

＊可惡的珍尼弟,老是搞不懂草莓在幹嘛.

The Strawberries
下回見

sweet catcat!

哈合哈羅！

恭喜哈拉！糸冬於看過一輪啦！

good!
well done

繪糸有耐心的嘛！

真想跟有耐心的人交朋友。

CatCat&dou看會不會被傳染到一點！

最近我認真在學英文。心裡不停哈內哈感！

I wish I were English。說是講說。wishwish

如果真的繪糸英國仔，我可能又要許願

想當"中國人"。因為，中國文化真的極酷。

〈我 極 以生為中國人為榮〉總之，我想說的是：

生命中充滿了許多的"妙"，比方超妙的。

認識你，認識我走超妙的，我畫畫寫寫了

一本好笑的書，而超妙的你也還

能笑，會笑，原意笑！所以一起笑一起跳，

"人人為我，我只為了讓你笑"。

幹嘛突然穿裙子？？

Cathie loves you

謝啦！大笑鬼。
下次再笑哈羅佳！掰掰哩！
by eeeee

327

國家圖書館出版品預行編目資料

喀滋月月記／凱西‧陳 著

－－初版.－－臺北市：大田出版，民93
　　面；　公分.－－ (視覺系 014)

ISBN 957-455-697-2 (平裝)

855　　　　　　　　　　　　　　93009629

視覺系 014
....
喀滋月月記

作者：凱西‧陳
發行人：吳怡芬
出版者：大田出版有限公司
台北市106羅斯福路二段79號4樓之9
E-mail:titan3＠ms22.hinet.net
http://www.titan3.com.tw
編輯部專線（02）23696315
傳真（02）23691275
【如果您對本書或本出版公司有任何意見，歡迎來電】
行政院新聞局版台業字第397號
法律顧問：甘龍強律師

總編輯：莊培園
主編：林淑卿
企劃統籌：胡弘一
美術設計：紅膠囊創意股份有限公司
校對：陳佩伶／余素維／大田校對組
印製：知文企業（股）公司‧(04)23595819-120
初版：2004年（民93）八月三十日
定價：新台幣 250 元

總經銷：知己圖書股份有限公司
（台北公司）台北市106羅斯福路二段79號4樓之9
電話：(02)23672044‧23672047‧傳真：(02)23635741
郵政劃撥：15060393
（台中公司）台中市407工業30路1號
電話：(04)23595819‧傳真：(04)23595493

國際書碼：ISBN 957-455-697-2 /CIP: 855/93009629
Printed in Taiwan

閱讀是享樂的原貌，閱讀是隨時隨地可以展開的精神冒險。

因為你發現了這本書，所以你閱讀了。我們相信你，肯定有許多想法、感受！

讀 者 回 函

你可能是各種年齡、各種職業、各種學校、各種收入的代表，

這些社會身分雖然不重要，但是，我們希望在下一本書中也能找到你。

名字／_____ 性別／□女 □男　出生／____ 年 ____ 月 ____ 日

教育程度／_____

職業：□ 學生　　　　□ 教師　　　　□ 內勤職員　　□ 家庭主婦

　　　□ SOHO族　　□ 企業主管　　□ 服務業　　　□ 製造業

　　　□ 醫藥護理　　□ 軍警　　　　□ 資訊業　　　□ 銷售業務

　　　□ 其他 _____

E-mail/ _____ 電話/ _____

聯絡地址： _____

你如何發現這本書的？　　　　　　　　　書名：喀滋月月記

□書店閒逛時 _____ 書店 □不小心翻到報紙廣告（哪一份報？）____

□朋友的男朋友（女朋友）灑狗血推薦 □聽到DJ在介紹_____

□其他各種可能性，是編輯沒想到的 _____

你或許常常愛上新的咖啡廣告、新的偶像明星、新的衣服、新的香水……

但是，你怎麼愛上一本新書的？

□我覺得還滿便宜的啦！ □我被內容感動 □我對本書作者的作品有蒐集癖

□我最喜歡有贈品的書 □老實講「貴出版社」的整體包裝還滿 High 的 □以上皆

非 □可能還有其他說法，請告訴我們你的說法

_____

你一定有不同凡響的閱讀嗜好，請告訴我們：

□ 哲學　　　□ 心理學　　□ 宗教　　　□ 自然生態　□ 流行趨勢　□ 醫療保健

□ 財經企管　□ 史地　　　□ 傳記　　　□ 文學　　　□ 散文　　　□ 原住民

□ 小說　　　□ 親子叢書　□ 休閒旅遊□ 其他 _____

一切的對談，都希望能夠彼此了解，否則溝通便無意義。

當然，如果你不把意見寄回來，我們也沒「輒」！

但是，都已經這樣掏心掏肺了，你還在猶豫什麼呢？

請說出對本書的其他意見：

大田出版有限公司編輯部 感謝您！

大田出版有限公司　編輯部收

地址：台北市106羅斯福路二段79號4樓之9

電話：（02）23696315-6　傳真：（02）23691275

E-mail：titan3@ms22.hinet.net

地址：

姓名：

TITAN
大田出版

智　慧　與　美　麗　的　許　諾　之　地